AF322288

CATALOGUE PAR VOLUMES DU MAGASIN THÉATRAL.

PRIX DU VOLUME : 6 FRANCS

ACTE IV, SCÈNE IV.

COCORICO,

OU

LA POULE A MA TANTE,

VAUDEVILLE EN CINQ ACTES,

par MM. de Villeneuve, Masson et Saint-Yves,

REPRÉSENTÉ, POUR LA PREMIÈRE FOIS, A PARIS, SUR LE THÉATRE DU PALAIS-ROYAL,

LE 18 JUIN 1840.

PERSONNAGES.	ACTEURS.	PERSONNAGES.	ACTEURS.
LA GRAND'TANTE	Mme MOUTIN.	LAVENETTE, soldat dans Royal-Cravate.	M. LEMEUNIER.
CAQUET, sa petite-nièce	Mme DUPUIS.	COLIBRI, idem.	M. RÉMI.
COCORICO, jeune paysan	Mlle PERNON.	UN GREFFIER.	Mlle PERNON.
BOUTON-D'OR, sergent dans Royal-Cravate	M. SAINVILLE.	DEUX GARDES-CHAMPÊTRES.	
LE BAILLI	M. GRASSOT.	UNE POULE BLANCHE.	

La scène se passe en Normandie, il y a cent ans.

ACTE PREMIER.

Le théâtre représente l'intérieur d'une pauvre chaumière. Au fond, une fenêtre peu élevée et à petits carrreaux plombés donnant sur la campagne ; au milieu du fond, la porte de sortie ; à gauche, toujours au fond, une autre porte donnant dans une chambre. A gauche, au premier plan, une table, à côté un grand fauteuil à bras et un rouet ; à droite, au premier plan, une huche ; un peu plus loin et en vue, un panier rond en osier sous lequel se trouve une poule blanche.

SCENE PREMIÈRE.
LA GRAND'TANTE, CAQUET.

Au lever du rideau, la Grand'tante est dans le fauteuil et file au rouet. Caquet est à sa gauche, assise sur un escabeau, et l'écoute, la tête appuyée sur un des genoux de sa grand'tante.

LA GRAND'TANTE.

Oui, mon enfant, voilà comment tu devins orpheline... Le désir de tout voir, de tout apprendre, exposa ta mère à des dangers continuels... et tant d'imprudence la perdit.

AIR *de Léonide.*

Hélas ! malgré sa beauté, sa jeunesse,
Elle a toujours rencontré des ingrats ;
Victime ainsi d'un cœur plein de tendresse,
Ta pauvre mère expira dans mes bras.
Seule avec moi, tu restas sur la terre,
Je t'ai servi d'appui jusqu'à présent...
  Le ciel protégera, j'espère,
  La bonne vieille et son enfant ! *bis.*

CAQUET.

Pauvre mère ! je la connus à peine, et, si vous n'aviez pas été là, bonne grand'tante, il y a seize ans, votre petite Caquet serait peut-être morte aussi de faim et de misère... puisque je n'avais que vous pour me secourir et me protéger dans ce vilain monde si pervers et si dangereux... à ce que vous dites.

LA GRAND'TANTE.

Oh ! oui, dangereux !... surtout pour les jeunes filles comme toi, imprudentes, curieuses, questionneuses ; car, si tu es bonne et douce comme ta mère, tu as aussi tous ses défauts.

CAQUET.

Si on peut dire !... moi qui fais tout ce que vous désirez !

LA GRAND'TANTE.

Mais tu veux tout savoir, tout connaître comme elle... c'est toujours : Ma grand'tante par-ci, ma grand'tante par-là !... et patati et patata... avec toi on n'en finirait pas, si l'on voulait répondre à toutes tes questions.

CAQUET.

C'est qu'en comparaison des autres filles du village, je suis joliment ignorante pour mon âge... aussi, vous ne me laissez jamais sortir de cette chaumière que les dimanches, pour me conduire à la messe ou à vêpres... vous ne m'avez pas laissé aller seulement une pauvre petite fois à la danse.

LA GRAND'TANTE.

Je le crois bien !... et je ne le souffrirai jamais !

CAQUET.

Ça m'aurait pourtant fait tant de plaisir d'essayer une bourrée... ou autre chose.

AIR : *Alerte, gentille laitière.* (Pérugina.)

Si vous saviez, ma bonne grand'tante,
Combien Caquet serait contente
De danser un p'tit rigodon,
Comm' j' vois faire à Lise ou Suzon !...
Ah ! ah !... que j' s'rais contente !...

Elle se lève.

D' mon beau corset et d' ma cornette
Je m' par'rais sans fair' la coquette...
Puis, à la ronde, on m'admir'rait ;
En m' voyant sauter, on dirait :
Qu'elle est gentille' c'te p'tit' Caquet !

Elle danse.

Tra, la, la, la, la,
  Remarquez,
  Regardez,

Tra, la, la, la,
  Ce tour de pass' passe...

LA GRAND'TANTE, *voulant l'arrêter.*

Eh ! ben, mam'selle, voulez-vous bien finir !...

CAQUET, *continuant.*
Est-c' fait avec grâce ?...
Ah ! qu' j'aurais d'agrément !...

LA GRAND'TANTE, *de même.*

Mam'selle, voulez-vous bien venir ici !

CAQUET, *continuant, sans l'écouter.*
Vive un bal !... ça doit être charmant !

Elle continue de danser sur la reprise.

LA GRAND'TANTE, *se levant* *.

Assez ! assez !... mam'selle !... et n'ayez jamais de ces idées-là !... un bal !... Ah ! ben, oui !... c'est justement là qu'est le danger !... en dansant ou se tord le pied... on se donne une entorse... et puis, on revient boiteuse !

CAQUET.

Alors, grand'tante, comment donc que ça s'fait ? toutes les filles et tous les garçons du village vont au bal chaque dimanche... et il n'y en a pas un d'eux qui boite dans le pays.

LA GRAND'TANTE.

Vous voilà encore avec vos questions... je vous ai déjà dit que je ne les aimais pas... filez ou battez du beurre, et vous n'aurez plus d'idées aussi effrayantes !

CAQUET.

Battre du beurre !... c'est ce que je fais tous les jours en causant avec vous, quand vous ne dormez pas... mais vous vous endormez à chaque instant !

LA GRAND'TANTE.

Moi, mam'selle !...

CAQUET.

Dame ! c'est de votre âge !... alors, faut que je me taise !... parce que ça vous repose, ça vous rafraîchit le sang ; et je m'en voudrais tant de troubler le sommeil de celle que j'aime, que je respecte comme ce qu'il y a pour moi de meilleur au monde !

LA GRAND'TANTE.

Hum !... petite flatteuse !

CAQUET.

Seulement, ça fait que je n'ai plus personne pour jaser, et je m'ennuie... personne, excepté Blanchette, notre poule, qui est toujours là, dans son panier d'osier... Certes ! elle est gentille, je l'aime bien aussi ; mais, la conversation n'est pas longue avec une poule... d'autant qu'elle ne peut rien m'apprendre, elle a été élevée comme moi, dans les mêmes principes.

LA GRAND'TANTE.

Et ce que j'en ai fait, c'est pour votre bonheur à toutes deux... c'est quand je ne serai plus là que tu me sauras gré d'avoir si bien mis à profit ma vieille expérience.

CAQUET, *s'essuyant les yeux.*
Heu ! heu !... ne me parlez pas de ça, grand'tante !... vous savez bien que ça me fait toujours

* Caquet, Grand'tante.

pleurer... Si je vous perdais!... oh! je mourrais aussi tout de suite, pour ne pas vous quitter!

On frappe à la porte, en dehors.

LA GRAND'TANTE.

Qui est-ce qui vient frapper ici?... on sait bien que je ne reçois jamais personne!

CAQUET.

Attendez... je vais aller ouvrir.

Elle va pour ouvrir.

LA GRAND'TANTE, *la retenant.*

Du tout, mam'selle!... je veux que vous restiez près de moi.

CAQUET.

Mais, grand'tante, c'est peut-être le messager du village qui vous apporte c'te lettre que vous attendez. (*Elle va pour ouvrir, la Grand'tante la retient.*) Ou bien la vieille mendiante qui vient chercher le morceau de pain bis que je lui donne tous les samedis... (*même jeu*) ou c'est peut-être encore...

LA GRAND'TANTE.

C'est peut-être... c'est peut-être... ça ne vous regarde pas, et vous allez commencer par rentrer dans votre chambre.

CAQUET, *la suppliant.*

Oh! grand'tante... laissez-moi voir qui c'est... je ne parlerai pas... je ne soufflerai pas un mot.

LA GRAND'TANTE.

Du tout, mam'selle, je n'ouvrirai que quand vous serez rentrée, et que la porte sera fermée à double tour.

Elle va ouvrir la porte de la chambre.

CAQUET, *à part.*

Mon Dieu! que c'est désagréable!... et encore elle a fait boucher le trou de la serrure. (*Haut, à Grand'tante, qui revient.*) Grand'tante, écoutez-moi, je vous en prie...

Elle sort, tout en marmottant quelques paroles, Grand'tante la pousse dans la chambre et pousse le verrou.

~~~~~~~~~~~~~~~~~~~~~~~~~~~~~~~~~~~~~~~

SCENE II.

LA GRAND'TANTE, COCORICO *.

LA GRAND'TANTE, *allant près de la porte.*

Qu'est-ce qu'est là?

COCORICO, *en dehors, déguisant sa voix.*

Le père Remi qui vous apporte une lettre.

LA GRAND'TANTE.

Ah! ah! Caquet avait raison... c'est sans doute pour c'te succession qu'on m'écrit.

Elle ouvre la porte.

COCORICO, *entrant précipitamment.*

Serviteur, madame Gertrude, la compagnie.

LA GRAND'TANTE.

Cocorico!

COCORICO, *à part et regardant autour de lui.*

Elle n'est pas là.

* La Grand'tante, Cocorico.

LA GRAND'TANTE.

Comment, c'est toi, petit vaurien!

COCORICO.

Eh bien! oui! c'est votre lettre... et moi... timbrée de Caudebec... qu'arrive par la patache... quatre sous six deniers de port... faut que ce soit une fameuse nouvelle pour coûter tant d'argent que ça!

LA GRAND'TANTE.

Mais je t'avais défendu de mettre jamais les pieds chez moi.

COCORICO.

Je sais bien!... mais, comme hier, en tombant de sa bourrique, le père Remi s'est foulé la jambe, il a emprunté les miennes pour porter sa correspondance... et v'là comment qu' me v'là!

LA GRAND'TANTE.

Tais-toi, effronté!... tu ne viens ici que pour tromper... pour séduire l'innocence.

COCORICO.

Oh! par exemple! je vous demande un peu si j'ai l'air d'un séducteur... regardez-moi donc!... j'ai pas la taille.

LA GRAND'TANTE.

Je te dis que c'est pour voir Caquet que tu viens... tu la guettes partout... tu rôdes toujours dans les environs, ni plus ni moins que le coq de la voisine qui monte toujours sur c'te fenêtre pour caqueter avec Blanchette, ma poule... mais, j'ai bon pied, bon œil, et coq ou garçon, je vous empêcherai bien de venir troubler le repos de ma maisonnette.

COCORICO.

C'est votre cervelle qu'est troublée, mère Gertrude, v'là tout!... car enfin, qu'est-ce que vous avez à dire? si c'te bête et moi nous nous présentons avec des intentions honnêtes et légitimes?... ah!

LA GRAND'TANTE.

J'ai à dire que vous êtes deux mauvais sujets, et que si vous passez encore le seuil de ma porte, j'userai de mon manche à balai pour vous faire reconnaître mes droits.

COCORICO.

Mais à quoi donc que ça vous avancera, je vous le demande?

AIR *nouveau de M. Pilati.*

Par trop novice, une fille
Court un grand risque, aujourd'hui;
On n' peut, quand elle est gentille,
L'enfermer dans un étui!
Vient l'âge où l' démon la tente,
Dieu sait c' qu'il en est quéqu' fois;
Quand elle est trop ignorante,
Elle apprend tout à la fois!...
Enfin, vous l' saurez, Grand'tante,
  Vient un jour
  Où l'amour
   En s'cret ⎫
   Lui fait ⎬ *bis.*
   D' l'effet. ⎭
~~~~~~~~~~~~~~~~~~~~~~~~~~~~~~~~~~~~~~~

Malgré vos soins, vot' courroux , } *bis.*
Le diable est plus malin qu' vous ! }

LA GRAND'TANTE.

Te tairas tu, langue de vipère !

COCORICO.

Même air.

Pour un' poulette innocente,
C'est tout d' même, en vérité ;
Quand elle entend l' coq qui chante,
Faut la mettre en liberté !
Autrement quand on la traite,
Sur des profits n' comptez pas...
Pas d'œufs pour faire une om'lette,
Jamais un p'tit poulet gras !
    Lorsqu'un' poulette
        Caquette,
        N' craignez pas
        Ses faux pas ;
        Son vainqueur
        N'a pas peur,
D' vot' balai, ni d' vot' courroux ;
Malgré vos soins et vos coups,
Les coqs sont plus hardis qu' vous !

LA GRAND'TANTE.

Tourne-moi les talons bien vite !... j'ai besoin
d'être seule pour lire ma lettre... ainsi...

Elle le repousse *.

COCORICO.

C'te lettre dites donc, mère Gertrude, comment que vous allez faire pour la lire, vous qu'a-
vez la vue basse ?

LA GRAND'TANTE.

Je ferai comme je pourrai, ça ne te regarde pas !
(*Elle cherche dans ses poches.*) D'ailleurs, Caquet
sait lire couramment, et...

COCORICO, *voyant les lunettes sur la table ; à part.*

Oh ! la bonne idée ! (*Il les prend. S'approchant
du panier où est la poule et lui parlant.*) Bonjour,
Blanchette, bonjour, petite poupoule.

LA GRAND'TANTE, *qui a décacheté la lettre et qui
cherche à lire.*

C'est sans doute de M. Galiffet, le notaire de
la succession. (*Allant à la table et cherchant.*) Où
donc ai-je mis mes lunettes ?

COCORICO.

Oui, cherche, va !... cherche !

LA GRAND'TANTE.

C'est singulier ! Cocorico... tu n'as pas vu mes
lunettes ?

COCORICO.

Non, ma'me Gertrude, non !

LA GRAND'TANTE.

Cependant je les avais tout-à-l'heure !

COCORICO, *à la poule.*

Dis donc, Blanchette, t'as pas vu les lunettes à
ma'me Gertrude ?

LA GRAND'TANTE, *cherchant à lire.*

Impossible ! je n'y vois plus clair !

* Cocorico, Grand'tante.
** Grand'tante, Cocorico.

COCORICO, *placé derrière, met les lunettes et se
moque d'elle.*

Ni moi non plus !

LA GRAND'TANTE

Faire lire ça à Caquet, c'est dangereux !... il y
a peut-être des choses là-dedans... Cocorico !

Il s'approche.

COCORICO, *cachant les lunettes, précipitamment.*

Ma'me Gertrude...

LA GRAND'TANTE.

Lis-moi ma lettre.

COCORICO, *à part, prenant la lettre.*

Allons donc !... j'étais bien sûr qu'elle y vien-
drait !

LA GRAND'TANTE.

Va, je t'écoute.

COCORICO, *lisant.*

« Ma chère dame, j'ai une mauvaise nouvelle à
» vous apprendre. »

LA GRAND'TANTE.

Ah ! mon Dieu !

COCORICO, *lisant.*

« Vous avez, de par le monde, un parent qui
» voudrait mordre. » Mordre !... tiens ! est-ce
que vous auriez quelqu'un d'enragé dans votre
famille ? « Qui voudrait mordre au gâteau. »

LA GRAND'TANTE.

Ah ! bon ! je comprends !

COCORICO, *lisant.*

« Autrement dit, à l'héritage qui revient en en-
» tier à votre jolie petite nièce. » (*Cessant de lire.*)
Il n'écrit pas mal ce notaire.

LA GRAND'TANTE.

Après, après.

COCORICO, *lisant.*

« C'est un certain... » (*A part.*) Ah ! diable !
il ne faut pas qu'elle sache !...

LA GRAND'TANTE.

Eh bien ! finiras-tu ?

COCORICO, *à part.*

J'y suis. (*Feignant de lire ce qui suit. Haut.*)
« C'est un certain cousin, qui vous menace d'un
» procès... venez donc au plus vite... en recevant
» ma lettre, montez en diligence. »

LA GRAND'TANTE.

En diligence !

COCORICO, *lisant.*

« Dans la première patache qui partira pour
» Caudebec. »

LA GRAND'TANTE, *prenant la lettre.*

Allons, donne-moi c'te lettre... et à présent,
va-t'en ! (*A part.*) Comment ? faut que je parte
tout de suite pour Caudebec ! Ah ! quel événement !

COCORICO.

Il paraît que c'est fièrement pressé !

LA GRAND'TANTE.

Comment ! tu es encore là !... je t'ai déjà dit de
me tourner les talons... je n'ai plus besoin de
toi !

COCORICO.

Mon Dieu! je m'en vas, ma'me Gertrude, ne vous fâchez pas! (*A part.*) Ouiche!... compte là-dessus *. (*Haut.*) Je m'en vas tenir compagnie au père Remi et lui remettre les quatre sous six deniers de la lettre... je les avancerai pour vous... je viendrai les chercher demain, n'est-ce pas?

LA GRAND'TANTE.

Du tout! je vais te les payer tout de suite, et tu ne reviendras jamais **! (*Elle va à la table prendre la monnaie. Cocorico ouvre la huche, s'y blottit et la referme.*) Tiens, v'là ton argent! (*Regardant autour d'elle.*) Eh bien! il est parti! tant mieux! je ferai remettre ça au père Remi lui-même. (*Elle pousse le verrou de la porte.*) Et M. Cocorico ira faire ses visites ailleurs!... Ah! me voilà donc seule enfin! pensons à mes affaires.

COCORICO, *levant le couvercle de la huche avec sa tête.*

Et moi, n'oublions pas les miennes!

LA GRAND'TANTE.

Pauvre Caquet! si on allait lui faire tort de sa succession!... c'est toute sa fortune... moi, je n'ai rien à lui laisser... si je l'enfermais ici, ce serait dangereux!... mais l'emmener avec moi, curieuse comme elle est!... c'est cent fois plus dangereux encore!... Que faire?... Ma foi! de deux dangers il faut choisir le moins grand. (*Elle va ouvrir le verrou de la porte de Caquet.*) Caquet! Caquet!... viens, tu peux entrer... je te le permets.

<hr>

SCENE III.

LA GRAND'TANTE, CAQUET, COCORICO,
*toujours caché ***.*

CAQUET, *regardant autour d'elle.*

Eh bien! qui était-ce, grand'tante?... le père Remi?... Jean-Claude, le fils du meunier?... Pierre Mulot, le garçon de ferme? ou Nicolas Flochet, le sonneur de la paroisse?

LA GRAND'TANTE.

C'était... c'était le père Remi.

CAQUET.

Tiens! c'est drôle! lui qui d'ordinaire a une grosse voix... il en avait aujourd'hui une petite toute flûtée.

COCORICO, *levant le couvercle de la huche.*

Bon! elle a remarqué ma petite voix flûtée.

LA GRAND'TANTE.

C'est que... il était enrhumé!

CAQUET.

C'est donc ça!

LA GRAND'TANTE.

Mais il ne s'agit guère de lui en ce momet... il s'agit de c'te lettre qu'il m'a remise... va! il se

* Cocorico, Grand'tante.
** Grand'tante, Cocorico.
*** Grand'tante, Caquet, Cocorico *toujours caché.*

passe de belles choses à Caudebec!... un cousin qui veut s'emparer de ton héritage... et qui nous intente un procès... pour te ruiner.

CAQUET.

Voyez-vous la méchanceté!

LA GRAND'TANTE.

Tant y a que je suis forcée de partir tout de suite pour surveiller ça de près.

CAQUET.

Oh! quel bonheur! vous allez m'emmener avec vous, n'est-ce pas?... je mettrai ma jupe de soie cramoisie et mon bavolet blanc... je serai gentille à croquer, et vous me ferez voir la ville, les maisons, les rues, les cloches... tout plein de belles choses!

COCORICO, *levant le couvercle de la huche.*

Oh! la petite curieuse!

LA GRAND'TANNE.

Ça ne se peut pas, ma petite Caquet... il t'arriverait malheur... et je t'aime trop, vois-tu! pour risquer de perdre en un jour le fruit de seize ans de soins et de veilles.

CAQUET.

Merci, grand'tante!... mais c'est toujours bien désagréable!

LA GRAND'TANTE.

Il faut donc que tu restes ici.

CAQUET, *tristement.*

Oui, grand'tante.

LA GRAND'TANTE.

Que tu t'y enfermes pendant mon absence...

CAQUET, *de même.*

Oui, grand'tante.

LA GRAND'TANTE.

Que tu n'ouvres à personne!

CAQUET, *de même.*

Oui, grand'tante.

LA GRAND'TANTE.

Il y a ici du pain, des fruits, du laitage... ça te suffira pour un jour ou deux que peut durer mon absence.

CAQUET.

Soyez donc tranquille, je ne manquerai de rien... et une fois que vous serez partie je m'enfermerai, je me barricaderai, je pousserai les verroux, je fermerai le contrevent... ah! ben, il n'y aura pas de danger qu'il entre quelqu'un, allez!

COCORICO, *même jeu.*

Heureusement qu'il est tout entré!

LA GRAND'TANTE.

C'est ça, va me chercher mon mantelet, il est dans la commode... moi, pendant ce temps-là, je vais regarder dans la huche pour savoir si tu as bien tout ce qu'il te faut.

COCORICO, *même jeu.*

Ah! là, là!... me voilà pris! comment m'esquiver!

Il sort doucement de la huche et se blottit derrière.

LA GRAND'TANTE, *arrêtant Caquet qui va entrer dans la chambre.*

Ah! surtout pense bien à Blanchette... donne-

lui du grain tant qu'elle en voudra... mais qu'elle
ne sorte pas de dessous son panier... tu me réponds d'elle, n'est-ce pas ?

CAQUET.

Je vous en réponds comme de moi, grand'-
tante... c'te pauvre Blanchette!... s'il lui arrivait
quelque chose... j'en serais aussi fâchée que
vous... Je vas chercher votre mantelet.

Elle entre dans la chambre.

SCENE IV.

LA GRAND'TANTE, COCORICO *.

LA GRAND'TANTE, allant regarder dans la huche.

Bon! il y a du pain cuit au moins pour huit
jours!... A présent, me v'là tranquille, je peux
partir en toute sûreté. (Rassemblant quelques ob-
jets et en faisant un paquet.) Elle a pris la chose
mieux que je ne le croyais.

Cocorico la suit par derrière, de façon à n'en être pas vu **.

COCORICO.

Et moi, j'entrevois une fameuse idée... faisons
d'abord évaporer la poule. (Il s'approche doucement du panier, saisit la poule, et la fait sauver par
la fenêtre.) Cours, Blanchette!... évaporons-nous
aussi!... et faisons bonne guette dans les environs.

Il saute doucement par la fenêtre et disparaît.

SCENE V.

LA GRAND'TANTE, CAQUET ***.

CAQUET, rentrant.

V'là votre mantelet... v'là aussi vos gants
fourrés et votre canne à béquille.

LA GRAND'TANTE, à Caquet, qui l'aide à mettre
son mantelet.

Tu as songé à tout : merci, Caquet, merci!...
quand tu seras seule, tu penseras un peu à moi,
n'est-ce pas?

CAQUET, lui baisant la main.

Oh! vous n'avez pas besoin de me recomman-
der ça!

Air : Ta patrie et tes amours. (Masini.)

Que le ciel vous conduise,
C'est mon vœu le plus doux...
Dans mon livre d'église
Je prierai Dieu pour vous.

ENSEMBLE.

CAQUET.

Que le ciel, etc.

LA GRAND'TANTE.

Que l' ciel me favorise,

* Cocorico, Grand'tante.
** Grand'tante, Cocorico.
*** Grand'tante, Caquet.

C'est mon vœu le plus doux,
Et l' dimanche, à l'église,
Je prierai Dieu pour nous.

LA GRAND'TANTE, en s'en allant.

N'oublie pas ce que je t'ai dit, mon enfant.

Caquet l'accompagne.

SCENE VI.

CAQUET, seule, fermant la porte et mettant le
verrou.

Là; maintenant, me voilà enfermée... et à
double tour encore. (Elle s'assied dans le fauteuil.) C'est pour le coup que la maison va me
sembler triste... seule... Ah! si!... il y a Blanchette... (Elle se lève.) Songeons bien vite à lui
donner à manger... Tiens! ma poule... ah! mon
Dieu! plus rien sous le panier!... Blanchette s'est
sauvée!... elle aura profité du départ de grand'-
tante...Quel malheur!... qu'est-ce que je vas de-
venir à présent!... et grand'tante qui m'a tant
défendu de sortir... il faut pourtant retrouver sa
poule! elle ne peut pas être bien loin! (Elle ouvre
la porte d'entrée, et regarde au dehors.) Juste! la
v'là sur la grand'route qui s'amuse à becqueter
tout ce qu'elle rencontre... appelons-la... elle ac-
courra peut-être... Petite! petite! petite!... Elle
ne fait seulement pas attention à moi!... Essayons
encore!

AIR : Viens, viens, viens, folâtre Zoraïde.
(Rendez donc service.)

Viens, viens, viens!... Blanchette,
Ma poulette!
Je l'entends qui caquette...
Viens, viens, viens!... tu t'égares, je crois...
Réponds bien vite à ma voix!
La voilà tout là-bas!...
Elle ne m'entends pas!...
Un méchant peut, hélas!
La prendre dans ses lacs!
La grand'tante, en partant,
Nous l'a bien dit pourtant...
Ma Blanchette, reviens!
La voilà! je la tiens!...

Elle va pour la prendre et la manque.

Non! elle court mieux que de plus belle. (Elle
prend de la graine dans la huche.) Heureusement,
je connais son faible... elle est un peu gour-
mande... et avec cette poignée de graines, elle
n'y résistera pas.. une fois reprise, je reviens ici
m'enfermer avec elle... comme ça, je serai sûre de
ne pas désobéir à grand'tante.

Elle sort en appelant Petite, petite, petite!... et en jetant
de la graine devant elle. L'orchestre joue la reprise de
l'air, piano.

ACTE DEUXIEME.

Le théâtre représente une place de village. A droite du spectateur, au premier plan, un mur percé d'une porte de basse-cour dont la partie supérieure est à claire-voie. Au deuxième plan, l'entrée d'une grange. Au fond, toujours à droite, et un peu inclinées, des barraques foraines, avec tréteaux ; à gauche, au deuxième plan, l'entrée d'une auberge.

SCENE PREMIERE.

BOUTON-D'OR, COLIBRI, LAVENETTE, Marchands, Opérateurs, Paysans.

Au lever du rideau, le théâtre présente l'aspect animé d'une fête foraine.

CHOEUR.

Air : *Pécheurs, allons, qu'on se dépéche.* (Méduse, opéra.)

Voilà la fête qui commence;
Bien vite, amis, accourons tous,
Pour le spectacle et pour la danse,
Chacun se trouve au rendez-vous.

UN PAILLASSE, *sur des tréteaux.*

Entrez, v'nez voir un' carpe
Qui va d'vaut vous (*bis*) pincer d' la harpe;
Un veau marin, qui fait un entrechat;
Et deux p'tits s'rins qui dans'nt la cachucha.

CHOEUR.

Voilà la fête qui commence, etc.

Le chœur entre dans la barraque. Bouton-d'Or, Lavenette et Colibri, qui étaient parmi les curieux, se séparent de la foule. Bouton-d'Or attire Lavenette et Colibri sur l'avant-scène.

BOUTON-D'OR.

Écoute ici, Lavenette; avance à l'ordre, Colibri; et prêtez une oreille *attentif* à la voix de votre supérieur... un ancien qui a fait le siége de Berg-op-Zoom, dans le Zuyderzée, sous les ordres du maréchal de Lowendahl.

LAVENETTE *et* COLIBRI.

Oui, sergent.

BOUTON-D'OR.

Vous le savez, j'ai commandé un rôti, pour régaler chacun une particulière quelconque à la fête du village... En nous cotisant, nous pourrions tout au plus nous faire servir une omelette de cinq œufs, ce qui serait insuffisant pour trois couples amoureux que nous devons être.

LAVENETTE *et* COLIBRI.

C'est vrai, sergent.

BOUTON-D'OR.

Heureusement que les basse-cours sont agréablement peuplées dans ce pays de Caux où nous tenons garnison... D'ailleurs, un jour de fête, les dindons et les canards jouissent d'une liberté ana-

* Lavenette, Bouton-d'Or, Colibri.

logue à nos intentions hostiles... ayons l'œil au guet, le pied leste, la main sûre, et quand le crin-crin appellera à la danse ces intéressans villageois bas-normands, tombons sur leur gibier quel que soit son sexe ou son âge... Songez que si la volaille manque à l'appel, vous ferez vingt-quatre heures de salle de police.

LAVENETTE.

Pourtant, il faut prendre garde... car après l'affaire d'hier au soir chez maître Ledru...

BOUTON-D'OR.

C'est vrai qu'elle a été chaude, l'affaire... deux lapins et un grefüer tombés sur le champ de bataille !

COLIBRI.

Défendait-il bien sa basse-cour, ce vieux coquin de maître Ledru !

BOUTON-D'OR.

Il en sera au lit pour huit jours peut-être, mais c'est sa faute; pourquoi veut-il nous interdire l'usage du lapin?

LAVENETTE.

Ça n'empêche pas que, pour venger son greffier, le bailli a fait tambouriner ce matin une fière ordonnance contre les maraudeurs.

BOUTON-D'OR.

C'est vexatoire... la volatile appartient de droit aux militaires... ça a été reconnu au siége de Berg-op-Zoom, dans le Zuyderzée, sous les ordres du maréchal de Lowendahl.

Air de *Turenne.*

Pour nous réduire à not' simple ordinaire,
C' bailli d' malheur ne sait donc pas
Que les amours, ainsi qu' la bonne chère,
Pour notre cœur ont les mêmes appas,
    Mais qu' des soldats,
  L' décompt' n'y suffit pas ;
En vérité, l' gouvernement badine,
Quand il prétend qu' nous pouvons, tour à tour,
Alimenter avec trois sous par jour
Les feux d' l'amour et d' la cuisine.

CAQUET, *en dehors, à gauche, appelant.*

Petite! petite! petite !

L'orchestre reprend en sourdine l'air : Viens, viens, qui termine le premier acte.

LAVENETTE, *remontant et regardant à gauche.*

Quéqu' c'est qu' ça ?... Ah ! le joli brin de fille !

BOUTON-D'OR, *remontant.*

Lavenette, vous n'êtes qu'un chenapan, la beauté a trop d'empire sur votre cœur.

Il prend Lavenette par le bras et le fait passer à sa gauche.

COLIBRI, *même jeu que Lavenette.*

Voyons voir.

BOUTON-D'OR, *même jeu qu'avec Lavenette.*

Colibri, demi-tour à gauche et place à votre supérieur!... (*Regardant.*) Ah! sapristi! voilà un gibier qui a bonne mine!

SCENE II.

Les Mêmes, CAQUET.

CAQUET, *tout occupée à chercher, entre à reculons, sans voir ceux qui sont en scène, et se heurte avec Bouton-d'Or, qui s'est retourné pour parler aux deux autres.*

Petite! petite! petite!... Dieu! un soldat!...

Elle baisse les yeux.

BOUTON-D'OR.

Il n'y a pas d'offense, ma belle enfant... Mais pourrait-on savoir après qui que vous courez de la sorte?

LAVENETTE, *qui a passé à la droite de Caquet, répétant avec une voix flûtée.*

Oui, pourrait-on savoir...

CAQUET, *les yeux baissés.*

Tiens! ils sont deux!...

*Elle passe vivement entre Bouton-d'Or et Colibri [*].

COLIBRI, *achevant, avec galanterie.*

Après qui que vous courez de la sorte?

CAQUET, *de même, et effrayée.*

Miséricorde! il sont trois!

BOUTON-D'OR.

Taisez-vous, Lavenette! Silence, Colibri!... Soyez sans crainte, la jolie fille!... Vous n'êtes pas sans avoir entendu parler du sergent Bouton-d'Or... c'est lui personnellement qui vous crève les yeux.

CAQUET.

C'est possible... mais c'est pas vous que je cherche... c'est Blanchette, la poule à ma tante.

LES TROIS MILITAIRES, *riant.*

Ah! ah! ah! la poule à sa tante!

CAQUET, *étourdie.*

Qu'est-ce qu'ils ont donc?... Mais, où suis-je?

BOUTON-D'OR.

Vous êtes à la fête de Saint-Bonaventure... Ne le saviez-vous pas, joli bluet de nos prairies?

CAQUET.

Comment... à la fête?... Maudite Blanchette,

[*] Lavenette, Bouton-d'Or, Caquet, Colibri.

---

où m'a-t-elle conduite!... Ah! si Grand'tante savait ça!

BOUTON-D'OR.

Je suis sensiblement touché d'une douleur aussi légitime.... Mais remettez-vous, blanche pâquerette, coquelicot printanier, et donnez-moi votre adresse... si je retrouve l'objet que vous cherchez, je me ferai un vrai plaisir de vous le rapporter entre chien z'et loup.

CAQUET.

Bien obligée, monsieur le soldat, je tâch era de la retrouver toute seule.

Elle disparaît un instant parmi les paysans qui entrent.

SCENE III.

Les Mêmes, LES PAYSANS, *sortant des barraques.*

CHOEUR.

AIR *de Polichinelle.*

Amis, la fête nous engage,
Songeons à nous bien divertir!
Et que chacun, dans ce village,
Réponde à l'appel du plaisir.

Ils entrent dans le cabaret à gauche. Caquet reparaît et regarde de la porte l'intérieur du cabaret.

BOUTON-D'OR, *bas à Lavenette et à Colibri.*

Attention !... c'est le moment de nous mettre en campagne... toi, Lavenette, à la mare aux canards... (*Lavenette sort par le fond à gauche.*) Toi, Colibri, en vedette le long du petit mur... (*Colibri sort par le fond à droite.*) Moi, je passerai par la grange... (*désignant Caquet.*) j'ai mes raisons. Que je parvienne à cerner la poule, et la petite est à moi!... c'est comme ça qu'on a pris Berg-op-Zoom.

Il sort par le fond à gauche.

SCENE IV.

CAQUET, *seule.*

C'est ça, ils vont danser à présent qu'ils se sont bien moqués de moi... et je reste seule... sans savoir par où tourner... (*Elle regarde autour d'elle.*) Quel malheur!... mais pouvais-je prévoir que Blanchette me ferait courir jusqu'ici?... Oh! Dieu! si je m'en étais seulement doutée!... (*Ici Cocorico entre par le fond à gauche et se cache sous les tréteaux; il a un panier à son bras.*) D'abord, j'aurais mis mon joli bonnet de dentelle et mes petites galoches à talons rouges... n'y a pas à dire... c'est que le mal est fait àc' t'heure! j'ai bien envie d'en profiter... justement, on danse la bourrée que j'aime tant !...

Elle va regarder à la porte de l'auberge..

SCENE V.

CAQUET, COCORICO, *s'avançant comme s'il ne voyait pas Caquet*.*

COCORICO, *posant son panier à la porte de la grange.*

AIR : *Jadis Daniel aimait Jenny.* (Lady Melvil.)

Dans not' village, un p'tit blondin
Aimait un' fill' ben av'naute;
  Quoiqu'il fût malin,
  Il cherchait en vain
A se trouver sur son ch'min.

CAQUET, *qui s'est retournée et écoute.* A elle-même.
Tiens! c'est drôle c'te chanson-là.

COCORICO, *continuant.*
Près d'elle il rôdait tous les jours,
Mais elle avait un' grand'tante,
  Qui, s' doutant d' ses tours,
  Surveillant toujours,
Fermait la porte aux amours!

CAQUET, *à elle-même.*
Une grand'tante, une porte toujours fermée, mais c'est juste comme chez nous.

COCORICO, *continuant.*
A pénétrer jusqu'à sa belle
Ne pouvant plus songer,
L' blondin pour se rapprocher d'elle
La force à déloger.

CAQUET, *de même.*
Qu'est-ce que ça veut dire ?

COCORICO, *de même.*
Malgré vous, retenez cela,
  Vieill's grand'tantes
  Si prudentes,
L'amour tant qu'il voudra
  Vous joûra
De ces tours-là!

CAQUET, *s'approchant.*
Dites donc, jeune homme, v'là une chanson qui a bien du rapport avec un événement... (*se reprenant*) dont j'ai entendu parler.

COCORICO.
Oh! c'est tout bonnement une histoire, mam'selle Caquet... (*A part.*) J'étais ben sûr qu'elle comprendrait.

CAQUET, *à elle-même.*
Comment!... y sait mon nom, ce p'tit-là?

COCORICO.
Suite et fin finale de l'aventure.

Même air.

La vieill', pour un voyag' lointain,
Quitt' sa nièce un beau dimanche.
  Quel heureux destin
  Pour l' petit blondin!
D' la voir il est libre enfin!

CAQUET, *de même.*
Ça a toujours du rapport à moi.

  * Caquet, Cocorico.
 ** Cocorico, Caquet.

COCORICO, *continuant l'air.*
Pour ça, v'là qu'il donne sans bruit
La volée à sa poul' blanche...

CAQUET.
Comment! ce serait vous ?...

COCORICO, *de même.*
La poule s'enfuit,
La bell' la poursuit,
Il la rencontre et lui dit :

CAQUET.
Laissez-moi tranquille !

COCORICO.
A quoi bon se fâcher, la belle?
Je n' veux pas vous tromper.
Si j'vous ai fait courir, mam'selle,
C' n'est qu' pour vous attraper.

CAQUET.
Il avoue, encore!

COCORICO, *achevant l'air.*
Ainsi, ret'nez bien ça,
  Filles innocentes,
  Ou grand'tantes,
L'amour, tant qu'il voudra
  Vous joûra
De ces tours-là!

CAQUET.
Savez-vous bien qu'une conduite pareille, c'est une horreur!

COCORICO.
Mais non, c'est une malice, v'là tout.

CAQUET.
Et d'où vient que vous me faites des malices ?

COCORICO.
Tiens! parce que je vous aime... et je vous aime parce que vous êtes gentille , voilà!

CAQUET.
Qu'est-ce que ça vous fait ?

COCORICO.
Ça fait que vous me plaisez bien mieux comme ça.

CAQUET.
En v'là assez; faites-moi retrouver celle que je cherche, et puis, que je ne vous revoie jamais!... car enfin, je ne vous connais pas.

COCORICO.
Vous ne me connaissez pas ?...vous ne connaissez pas Cocorico?...

CAQUET.
Non, monsieur.

COCORICO.
Ah!... et dimanche dernier, à l'église, qui donc que vous regardiez en dessous , au lieu de lire dans votre livre de messe?... c'était p't'être le bedeau, qui n'a qu'un œil... J' vois clair, mam'selle Caquet, et c'est même ce qui m'a décidé à venir demander votre main à la mère Gertrude. Dame!... quand un jeune homme se sent encouragé, il faut qu'il se déclare... et je me suis déclaré.

CAQUET.

Oui, et grand'tante vous a mis à la porte...
elle a joliment bien fait!

COCORICO.

Vous trouvez?... eh! bien, c'est honnête... moi
qui cherche tous les moyens de me rapprocher de
vous... c'est même pour ça que je viens de vous
faire faire une grande demi-lieue.

CAQUET.

Je vous conseille de vous en vanter.

COCORICO.

Écoutez donc, puisqu'on ne peut pas entrer
chez vous, le seul moyen de vous rencontrer,
c'était de vous forcer à sortir.

CAQUET.

Et vous m'exposez au malheur de perdre Blanchette.

Bouton-d'Or paraît au fond à gauche.

COCORICO.

Soyez donc tranquille; en courant après vous,
j'avais l'œil sur elle; la preuve, c'est qu'elle est
là, dans ce panier.

CAQUET.

En vérité!... alors, vous allez me la rendre.

Elle se dirige du côté du panier.

COCORICO, *l'arrêtant.*

Un instant!... il faut d'abord que nous nous
entendions.

CAQUET.

M'entendre avec vous?... par exemple!

COCORICO.

Tiens! mais n' faut pas tant faire la fière...
vous n' savez pas encore qui je suis.

CAQUET.

Vous êtes un mauvais sujet!... v' là c' que
vous êtes.

*Bouton-d'Or passe rapidement sans être vu, il prend le
panier que Cocorico a posé à l'entrée de la grange, il le
remet à sa place après en avoir ôté la poule, et rentre
dans la grange.*

COCORICO.

C'est possible; au premier abord, ça peut faire
cet effet-là, mais, dans le fond, je suis un bon
petit diable, allez! et qui vous aime furieuse-
ment... voilà pour l'état de mon cœur. Quant à
la position, c'est autre chose : je n'ai plus ni père
ni mère, mais je suis le filleul de mon parrain,
un fermier qui m'a mis à la porte, il y a près de
trois semaines, avec un coup de pied, en me disant : Sauve-toi, vagabond! ce qui fait que je
suis sans asile... voilà ce que je suis!

CAQUET.

C'est votre mauvaise conduite qui vous aura
fait chasser.

COCORICO.

J'en suis pas fâché; car, depuis ce temps-là,
je couche dans le petit bois, en face de votre fenêtre, à la belle étoile; je vous entends dire bon-
soir à votre grand'tante, je vous vois rentrer dans

* Caquet, Cocorico.

vot' chambre... par malheur, vous fermez le vo-
let, vot' lumière s'éteint, je n' vois plus rien...
mais c'est égal. Ah! saperlotte! comme ça mo.. e
la tête d'un jeune homme!

CAQUET.

Si c'est là tout ce que vous aviez à me dire,
c'était pas la peine de me faire courir si loin.

COCORICO.

Je vous ai fait venir ici parce que c'est fête
aujourd'hui... chaque garçon a sa danseuse; il
faut bien que j'aie la mienne aussi.

CAQUET.

Comment, moi, vot' danseuse!... En v'là de
l'effronterie!

COCORICO.

Possible! mais vous n'aurez Blanchette qu'à ce
prix-là... c'est un gage, il s'agit de le racheter.

CAQUET.

Ah! c'est pour le coup que je vous déteste!

COCORICO.

Bah! vous allez m'aimer tout-à-l'heure... tenez,
v'là justement le crincrin qui donne le signal!

CAQUET, *à elle-même.*

Danser! moi qui en mourais d'envie! (*Haut.*)
Ah! mais non, je ne veux pas... grand'tante me
l'a défendu.

COCORICO.

Rien que pour en essayer.

CAQUET.

Mais vous me rendrez Blanchette?

COCORICO.

Quant à ça, je vous le jure. Tenez, les v'là qui
se rangent tous pour la danse, là-dedans... donnez-moi votre main et tâchez d'aller en mesure.

CAQUET, *à part.*

Dieu! ça donne-t-il du mal à rattraper, les
poules!

Ici, ils dansent sur la musique des paroles suivantes.

COCORICO.

Air *des ballets hollandais.*

C'est vraiment
Charmant!
Quel doux moment!
J' danse avec elle!
C'est vraiment
Charmant!
Me voilà presque son amant!

CAQUET, *à elle-même.*

Mon Dieu! quel tourment!
Ah! ma peine est vraiment
Cruelle!
Malgré moi, pourtant,
Tout cela me semble amusant!

CAQUET, *sautant.*

Est-c' bien?

COCORICO, *de même.*

Très-bien!

ENSEMBLE.

Ça va, ça va très bien!
C'est vraiment charmant! etc.
Mon Dieu! quel tourment! etc.

CAQUET.

Danser avec vous,
Mon Dieu! qu' c'est doux!

COCORICO.

N'est-c' pas, mam'selle,
L' plaisir impromptu
Vaut mieux que c'lui qu'est attendu !

CAQUET, *sautant.*

Sautez !

COCORICO, *de même.*

Encor !

CAQUET, *de même.*

Encor ! encor !

COCORICO, *de même.*

Plus fort !

ENSEMBLE.

C'est vraiment charmant , etc.
Mon Dieu ! quel tourment, etc.

COCORICO.

Là ! vous voyez bien qu'on n'en meurt pas.

CAQUET.

C'est déjà fini ?

COCORICO.

A moins que vous ne vouliez recommencer...
quant à moi, je ne demande pas mieux... tradera
la la !

Il danse.

CAQUET, *l'arrêtant.*

Oh ! non, il est temps que je rentre à la maison,
rendez-moi Blanchette, vous me l'avez promis.

COCORICO.

C'est juste, un honnête garçon n'a que sa parole... c'est dommage, pourtant ! (*A lui-même, en
allant chercher le panier.*) Ah bah ! je saurai bien
la retrouver une autre fois. (*Rapportant le panier
sans le donner.*) Tenez, mam'selle, la v'là, celle
que vous cherchez... parlez-lui quelquefois de
moi; dites-lui que Cocorico est un bon garçon, et
que vous finirez un jour par l'aimer !

CAQUET.

Oh! pour ça, non, jamais.

COCORICO.

Je suis ben sûr que si !

CAQUET.

J' vous dis qu' non.

COCORICO, *gesticulant avec le panier.*

Ah! saperlotte ! si je le savais !

CAQUET, *l'arrêtant.*

Prenez donc garde ! vous allez massacrer Blanchette !

COCORICO.

Ah! c'est vrai ! Pauvre petite bête ! c'est pas sa
faute, à elle, si vous avez le cœur aussi dur que
la porte à vot' grand'tante... Elle doit être toute
ébourriffée là-dedans !

CAQUET.

Voyons, donnez-la-moi, que je la rassure.

COCORICO.

Voilà ! (*Ouvrant le panier.*) Eh ben! elle n'y est
plus !

CAQUET.

Elle n'y est plus?

COCORICO.

Il faut donc qu'on l'ait prise ?

CAQUET.

Ou plutôt c'est vous qui vouliez me tromper !
j'aurais dû m'attendre à tout de votre part.

COCORICO.

Attendez! j'y suis. Peut-être qu'elle a profité
de not' conversation pour aller faire un tour dans
le poulailler voisin... c'est ça, elle aura entendu
le coq chanter... voyez-vous, l'instinct de la jeunesse ! Mais attendez-moi là, mamselle Caquet ;
je vous ai promis de vous rendre Blanchette, et
vous l'aurez, ou j'y perdrai mon nom de Cocorico !

Il entre dans le poulailler. Bouton-d'Or sort de la
grange et remet la poule à Lavenotte, à qui il fait
signe d'approcher, et qui entre par le fond à gauche ;
Lavenotte emporte la poule.

CAQUET, *à elle-même.*

Ah ! s'il ne la retrouve pas, après que j'ai dansé
avec lui, c'est fini, je n'oserai plus retourner chez
ma grand'tante.

A partir de ce moment, jusqu'au baisser du rideau,
l'orchestre joue en sourdine l'air qui termine le premier acte.

SCENE VI.

CAQUET, BOUTON-D'OR *.

BOUTON-D'OR, *après avoir fermé la porte du poulailler, à part.*

Maintenant que nous tenons la poule, pensons
à la fillette.

CAQUET.

Il ne revient pas !

BOUTON-D'OR, *à Caquet.*

Deux mots, la belle enfant!

CAQUET.

Encore le soldat de tantôt !

BOUTON-D'OR.

L'objet que vous cherchez, n'est-ce pas une
poule blanche ?

CAQUET.

L'auriez-vous rencontrée ?

BOUTON-D'OR.

Oui, tout-à-l'heure, entre les mains de deux
camarades qui se préparent à la plumer.

CAQUET.

Est-il possible ?

BOUTON-D'OR.

Si vous ne venez à l'instant avec moi pour la
réclamer aux maraudeurs, la malheureuse sera
mise à la broche !

CAQUET.

Que me dites-vous là ?

BOUTON-D'OR.

Un moment de retard, et je la déclare flam-
bée!

CAQUET.

Laissez-moi au moins prévenir quelqu'un qui
est là, dans le poulailler.

Elle se dirige vers le poulailler **.

* Caquet, Bouton-d'Or.
** Bouton-d'Or, Caquet.

BOUTON-D'OR, *l'arrêtant.*

Impossible ! je crois déjà sentir l'odeur du rôti.

CAQUET.

Courons bien vite, alors! Blanchette rôtie !

BOUTON-D'OR, *prenant le bras de Caquet.*

Allons, donnez-moi votre bras. (*A part.*) La voilà prise comme Berg-op-Zoom.

Il entraîne Caquet.

CAQUET, *en s'en allant.*

Bonté divine! me v'là avec un soldat à présent!

Ils sortent tous deux par le fond, à gauche.

SCENE VII.

COCORICO, *au haut du mur du poulailler.*

Qu'est-ce que je vois là-bas?... un soldat qui emmène mamselle Caquet!... Ah! nous allons voir... Mais la porte est fermée, et personne pour l'ouvrir! (*Criant.*) A moi! à moi! au secours! au secours !

ACTE TROISIÈME.

Une chambre chez le Bailli. Porte au fond ; à droite et à gauche de la porte une balustrade, un plan plus avancé sur le théâtre que la porte ; une chaise à chaque extrémité de la balustrade, du côté de la porte, mais en dedans, faisant face au public. A gauche, un banc, vit-à-vis la table du greffier, qui se trouve à droite sur le premier plan.

SCENE PREMIERE.

LE BAILLI, *assis à la gauche de la table ;* UN GREFFIER, *assis à la droite de la table ;* CAQUET, *à droite au milieu du théâtre ;* BOUTON-D'OR, LAVENETTE *et* COLIBRI, *assis sur le banc à gauche, Bouton-d'Or est au milieu ;* DEUX GARDES-CHAMPÉTRES, *assis l'un à la droite, l'autre à la gauche de la balustrade du côté de la porte ;* PAYSANS, *au fond, à droite et à gauche de la balustrade, mais en dehors* *.

CHOEUR.

AIR : *A bord! à bord!* (Naufrage de la Méduse.)

Allons, allons, fai^{tes}_{sons} silence ;
Entendez-vous? c'est le signal.
Voilà qu'on ouvre la séance
Du tribunal.

LE GREFFIER, *criant d'un ton de fausset très-aigu.*

Silence, messieurs!

LE BAILLI, *à part.*

Quel timbre il a, mon greffier !... c'est étonnant comme les coups de bâton des maraudeurs lui ont éclairci la voix !... (*Haut à Caquet.*) Approchez, jeune fille, et parlez sans crainte; la justice vous prête tout ce qu'elle a d'oreilles.

BOUTON-D'OR, *à part.*

Voilà un prêt plus volumineux que le nôtre.

CAQUET, *s'avançant avec timidité.*

Ah! monsieur le bailli, j'ai bien besoin qu'on me protége, allez !

LE BAILLI, *souriant.*

Soyez tranquille, mon enfant, on vous protégera. (*Bas au Greffier.*) La vue de cette petite plaignante me rend tout gaillard ; il me vient des idées diablement folichonnes à son intention.

* Lavenette, Bouton-d'Or, Colibri, Caquet, le Bailli, Cocorico.

LE GREFFIER, *criant aux oreilles du Bailli.*

Silence!

LE BAILLI, *déconcerté, et à part.*

Il me coupe la parole ! il faut que maître Ledru ait quelque chose de fêlé ! (*Haut.*) Ainsi donc, jeune Caquet, il appert de votre déposition, qu'au moment où la Providence m'amena sur votre chemin, vous alliez être victime d'un rapt?

CAQUET, *vivement.*

D'un rat !... Non, monsieur le Bailli, c'est le sergent qui voulait me faire accroire...

BOUTON-D'OR, *se levant.*

Minute, mon respectable magistrat, je demande à me purger de cette accusation.

LE BAILLI.

Purgez-vous, mon garçon, purgez-vous.

BOUTON-D'OR.

Le propos de cette jeunesse est incorrect et abusoire... Si vous m'avez rencontré avec elle, à l'entrée du petit bois, c'était dans l'intérêt de la chose... nous courions ensemble après les deux brigands de maraudeurs ci-présens.

Il désigne Lavenette et Colibri.

LAVENETTE *et* COLIBRI, *se levant et se récriant.*

Mais, sergent...

BOUTON-D'OR, *d'un ton d'autorité.*

Taisez-vous, Lavenette! Motus, Colibri!

Lavenette et Colibri se rasseyent.

LE BAILLI.

Cependant c'est de l'autre côté du pays qu'ils ont été arrêtés par les gardes-champêtres.

CAQUET.

Preuve qu'il voulait m'égarer.

BOUTON-D'OR.

Du tout, vénérable bailli ; je voulais cerner les coupables ; c'est comme ça qu'on a pris Berg-op-Zoom, dans le Zuiderzée. D'ailleurs, c'est la faute

de Lavenette... (*A La Venette*.) Mon bijou, vous
ferez vingt-quatre heures de salle de police.

LA VENETTE, *se levant*.

Ah! sergent!...

BOUTON-D'OR.

Vingt-quatre heures de plus, pour la réplique.
(*Il s'assied*.) Monsieur le Bailli, il fera quarante-
huit heures.

Lavenette se rassied.

LE BAILLI.

Fort bien, la vindicte publique est satisfaite.
(*A part*.) Cette petite a des yeux qui ne me sortent pas de la tête!

COCORICO, *criant*.

Silence!

LE BAILLI, *impatienté, à part*.

Silence, silence... (*Haut*.) Voilà pour le rapt,
mais la poule?

BOUTON-D'OR, *se levant*.

Ceci regarde Colibri... (*A Colibri*.) Mon lapin,
vous ferez trois jours de salle de police.

COLIBRI, *se levant*.

Par exemple, sergent!

BOUTON-D'OR.

Trois jours de plus pour la réclamation. Monsieur le Bailli, il fera six jours.

Ils se rasseyent tous deux.

LE BAILLI.

A merveille, la morale est vengée!... et la cause
est entendue. Attention, je vais rendre mon ar-
rêt.

CAQUET.

Mais c'est tout jugé... du moment que vous me
faites rendre Blanchette, nous n'avons plus qu'à
vous remercier, et à retourner chez grand'tante,
l'une portant l'autre.

LE BAILLI.

Un moment, gentille Caquet; la justice ne va
pas si vite que vous le croyez. (*Bas au Greffier*.)
Pardieu, non, elle n'en sera pas quitte à si bon
marché. Je la tiens; elle ne sortira d'ici qu'après
avoir payé les frais du procès... Vous comprenez,
vieux mauvais sujet?

LE GREFFIER, *criant plus fort*.

Silence!

LE BAILLI, *avec humeur*.

Silence, vous-même! (*A part*.) Décidément,
c'est une infirmité. (*Haut, d'un ton solennel*.) Con-
sidérant... (*ici les deux Gardes-champêtres se lè-
vent avec rapidité et se découvrent*) que l'auteur
de ce conflit scandaleux est une jeune poule, li-
vrée à la fougue de ses passions désordonnées, la
condamnons, pour tous dommages et intérêts, à
être cuite à point et mangée par la justice.

CAQUET.

Est-il possible?... mais ça n'est pas juste!

LE BAILLI.

C'est jugé!... (*Reprenant le ton solennel*.) De
plus, ordonnons que la plaignante sera retenue
au greffe pour servir de caution, jusque après
l'entière exécution du présent jugement.

Il se lève, ainsi que les autres personnages.

CAQUET.

Moi, au greffe!... c'est une injustice!

LE BAILLI.

C'est jugé!

BOUTON-D'OR, *à part*.

Voyez-vous, le vieux Sardanapale!

CAQUET.

De grâce, monsieur le Bailli...

LE BAILLI.

Impossible, mon enfant... dixi.

CAQUET.

Je vous dis que non, moi!

LE BAILLI, *donnant ses ordres*.

Vous m'avez entendu?... la poule à la cuisine,
la jeune fille au greffe. (*Aux Gardes-champêtres*.)
Force publique, fais ton devoir, chasse la plèbe...
Greffier, veillez sur la plaignante, vous m'en ré-
pondez sur votre perruque. (*A part*.) La petite est
délirante, je vais faire un souper révoltant.

CHOEUR *général*.

ENSEMBLE.

Air précédent

Allons, allons, plus d'insistance,
Eloign^{ez}_{ons} ^v_nous, c'est le signal;
On vient de lever la séance
Du tribunal.

CAQUET.

Mon Dieu, mon Dieu! quelle sentence!
Hélas! pour moi tout tourne mal;
J' comptais en vain sur l'assistance
Du tribunal.

*Tout le monde sort; le Bailli sort aussi, en faisant signe
au Greffier de veiller sur Caquet.*

SCENE II.

CAQUET, LE GREFFIER.

Pendant ce qui suit, le Greffier, qui a reconduit le Bailli
jusqu'à la porte, examine à droite et à gauche, en
dehors, puis il ferme la porte et redescend en scène.

CAQUET.

Eh ben! en v'là une indignité!... condamner
Blanchette à être rôtie, et moi à la voir manger!...
ils appellent ça de la justice encore!... Fiez-vous
donc aux hommes d'âge qui vous prennent le men-
ton en vous disant : Soyez tranquille, mon enfant, on vous protégera.

LE GREFFIER, *qui s'est rapproché de Caquet*.

Oui, vous avez raison, les vieux, c'est des scé-
lérats!

CAQUET, *à part*.

Tiens, pourquoi donc qu'il me dit ça? (*Haut*)
Mais les jeunes, c'est bien aussi pire, car le premier auteur de tout ça, c'est un jeune homme.

LE GREFFIER.

Un gentil garçon, je parie?

CAQUET.

Lui, M. Coricoco?... au contraire, ça n'est
qu'un vaurien.

LE GREFFIER, *changeant de voix.*

Eh ben! merci de *l'apologe...* mam'selle Caquet, elle est gentille!

CAQUET, *surprise.*

Comment! c'est encore vous!

COCORICO, *ôtant ses lunettes.*

Toujours moi, pour vous sauver!

CAQUET.

Mais vous êtes donc le diable, que vous vous fourrez partout?

COCORICO.

Le diable! c'est possible, vu que je vous aime comme un démon.

CAQUET.

Comme si ce n'était pas assez d'avoir fait sauver c'te pauvre Blanchette.

COCORICO.

Oh! pour celle-là, faut pas vous en inquiéter... elle est en sûreté.

CAQUET.

C'est-à-dire, à la broche!

COCORICO.

Non, mais dans la basse-cour du bailli, où je l'ai glissée en cantimini; la poule qu'on vient d'immoler appartient à l'autorité municipale... L'essentiel, c'est de vous sauver des griffes de votre vieux croqueur de jeunes filles, et j'en ai les moyens.

CAQUET.

Comment! vous avez pensé à moi?

COCORICO.

Je ne pense jamais à autre chose... V'là la nuit, la porte est ouverte... il faut vous déguiser avec les lunettes de votre grand'tante que voici, et la robe que j'ai chipée au greffier, qui est malade, dans son lit, d'une volée qu'il a reçue... grâce à ce costume, personne ne vous reconnaîtra.

CAQUET.

Tiens, tiens, mais c'est une bonne idée... ces mauvais sujets, ça a-t-il des rubriques!

COCORICO, *ôtant sa robe et sa perruque.*

Allons, vite, mam'selle, passez une manche.

CAQUET.

J'y suis.

LE BAILLI, *en dehors.*

Par ici, et ne renversez rien.

COCORICO, *ôtant la robe qu'il jette de côté avec la perruque.*

Le voilà! il est trop tard!

CAQUET.

Quel malheur!

COCORICO.

Laissez-moi faire, n'ayez pas peur, et cachez-moi bien surtout.

Il se met à genoux derrière Caquet, elle le cache en étendant ses jupons.

SCENE III.

COCORICO, *caché;* CAQUET, LE BAILLI *.

Le Bailli tient une lumière; il est suivi des deux Gardes-champêtres, qui portent une table servie, au milieu de laquelle se trouve une poule rôtie.

LE BAILLI, *aux Gardes-champêtres.*

Posez cette table ici... C'est fait; fort bien; allez-vous-en, et qu'on ne me dérange pas dans l'exercice de ma charge.

Les Gardes-champêtres sortent, il les accompagne.

COCORICO, *bas.*

Je t'en vas donner, moi, de l'exercice.

CAQUET, *bas à Cocorico.*

Mais, taisez-vous donc!

LE BAILLI, *qui a entendu, avec une inflexion comique.*

Hein!... qu'est-ce que c'est?

CAQUET.

J' dis rien, monsieur le bailli.

LE BAILLI, *près de la table.*

Maintenant, charmante Caquet, nous allons procéder à l'exécution du jugement... La délinquante est cuite à point.

COCORICO, *à part.*

C'est qu'elle sent bon, tout de même, la poule au bailli.

LE BAILLI, *comiquement.*

Hein!.. qu'est-ce que c'est?

CAQUET, *avec émotion.*

Je n'ai pas parlé, monsieur le bailli.

LE BAILLI, *plaçant les chaises.*

C'est singulier, je croyais encore... Mais je ne vois pas maître Ledru; cependant je lui avais ordonné...

CAQUET, *vivement.*

Il s'est trouvé indisposé, et il a profité de cette occasion-là pour aller se coucher.

COCORICO.

Elle va toute seule!... *(Tirant Caquet par la jupe.)* Très-bien, mam'selle Caquet.

CAQUET, *à Cocorico.*

Mais laissez-moi donc, vous!

LE BAILLI, *à lui-même.*

Il n'y a pas de mal... Au fait, j'aime mieux ça... c'est un vieux gourmand, il aurait voulu avoir sa part... Voici ta place, et voilà la mienne.

CAQUET, *s'avançant.*

Comment, monsieur le bailli, vous voulez...

COCORICO, *la retenant par sa jupe.*

Ne bougez donc pas... y va me voir.

LE BAILLI, *comiquement.*

Hein! qu'est-ce que c'est?

CAQUET.

J'ai pas ouvert la bouche.

* Le Bailli, Caquet, Cocorico.

LE BAILLI.

L'oreille me tinte, apparemment... Mais j'oubliais...

Il va fermer la porte du fond, et met la clef dans sa poche.

CAQUET.

Ah! mon Dieu! qu'est-ce qu'il fait donc là?

COCORICO.

Bon! nous voilà en cage à présent!

CAQUET, *bas à Cocorico.*

Que faire? que dire?

COCORICO, *bas à Caquet.*

Je vous soufflerai.

LE BAILLI, *allant à Caquet et la prenant par les deux mains.*

Allons, allons, à table! (*Il l'a attirée jusqu'à la table; Cocorico a suivi le mouvement en se baissant; le Bailli a fait asseoir Caquet à la droite de la table et s'est assis à gauche; Cocorico est toujours caché derrière Caquet.*) Vois, quel aspect, hein? quel parfum!

CAQUET.

Merci, je n'ai pas faim... D'ailleurs, il se fait tard... je veux sortir d'ici. (*Se levant.*) Ouvrez-moi cette porte, ou j'appelle à mon secours!

LE BAILLI, *se levant.*

Veux-tu te taire, petit démon!... Je ne t'ouvrirai la porte que si tu consens à m'accorder...

COCORICO, *bas à Caquet.*

Refusez, mam'selle!

LE BAILLI, *s'animant.*

Un joli petit baiser.

CAQUET.

Plus souvent!

COCORICO, *qui se glisse près de la table, par derrière.*

Oui, prends garde de le perdre!

LE BAILLI.

Tu ne veux pas? Au fait, c'est à moi de venir le prendre.

COCORICO, *soufflant la lumière.*

Viens le chercher, maintenant!

Il fait nuit complète.

LE BAILLI.

Oh! quelle obscurité!

CAQUET.

C'est le vent, monsieur le bailli.

LE BAILLI, *cherchant la main de Caquet.*

Ça ne peut être que lui, puisqu'il n'y a que nous deux ici.

COCORICO, *bas.*

Oui, sans me compter!

Il entraîne Caquet à la gauche et se place entre elle et le Bailli[*].

LE BAILLI, *cherchant toujours et se dirigeant vers la droite.*

Tu ne m'échapperas pas!

Air : *Du temps que la reine Berthe filait.*

ENSEMBLE.

Quel moment enchanteur!

[*] Caquet, Cocorico, le Bailli.

Je sens battre mon cœur,
Je suis encore un heureux séducteur!

COCORICO, *à part.*

Quel moment pour le cœur
De ce vieux séducteur!
Je vais bientôt modérer son ardeur!

CAQUET, *à part.*

En ces lieux, par bonheur,
Je trouve un protecteur;
Hélas! sans lui, j' mourrais d' frayeur!

En ce moment, le Bailli renverse la chaise où Caquet était assise; il se cogne la jambe, et il est tout près de tomber.

LE BAILLI.

Maudite chaise!...

Il s'approche de Cocorico et veut lui prendre la main; celui-ci le repousse et retire sa main.

Mais, pourquoi donc, méchante,
Me repousser?

CAQUET, *soufflée par Cocorico.*

Quels sont vos projets?

LE BAILLI.

Que cette main charmante
Soit entre nous un gage de paix.

CAQUET, *tandis que Cocorico tend sa main au Bailli.*

La voilà!...

LE BAILLI.

Quelle ivresse!
Sur mon cœur je la presse.

COCORICO, *à part.*

A bon compte je peux
Ici le rendre heureux!

ENSEMBLE.

LE BAILLI.

Quel moment enchanteur, etc.

COCORICO.

Quel moment pour pour le cœur, etc.

CAQUET.

En ces lieux, par bonheur, etc.

Pendant cet ensemble, Caquet et Cocorico ont traversé le théâtre; Caquet passe devant le Bailli, et Cocorico par derrière; tout en passant, il lui pince le mollet, le Bailli pousse un cri[*].

LE BAILLI, *s'approchant d'eux.*

Mais il est une grâce
Que tu ne peux plus me refuser.

CAQUET, *soufflée par Cocorico.*

Ah! monsieur, quelle audace!

LE BAILLI.

Tu le sais bien, tu me dois un baiser!

CAQUET.

Un baiser!...

LE BAILLI.

Pour la peine,
Ta sortie est certaine.

COCORICO, *à part.*

A ce prix-là, tu peux
Prendre ce que tu veux.

CAQUET, *soufflée par Cocorico.*

Mais donnant, donnant.

LE BAILLI.

C'est juste: voilà la clef!

Il donne la clef à Cocorico, qui la passe à Caquet; en même temps le Bailli embrasse Cocorico.

[*] Le Bailli, Cocorico, Caquet.

ENSEMBLE.

LE BAILLI.

Quel moment enchanteur, etc.

COCORICO.

Quel moment pour le cœur, etc.

CAQUET.

En ces lieux, par bonheur, etc.

A la fin de l'ensemble, Cocorico fait signe à Caquet de s'en aller.

CAQUET.

Sauvons-nous !

Elle ouvre la porte et s'esquive par le fond *.

LE BAILLI, *retenant Cocorico.*

D'honneur, elle est délicieuse !... Voyons, mignonne, encore un... (*Cocorico se débat et lui donne des coups de pied dans les jambes.*) Tu ne veux pas ? eh bien !...

COCORICO, *lui faisant sauter sa perruque.*

Cours après !

LE BAILLI.

Quelle audace ! porter la main sur le chef d'un bailli !

COCORICO.

Gare les rhumes de cerveau !

LE BAILLI.

Qu'entends-je ? ce n'est plus la voix de Caquet ! A moi ! au secours !

COCORICO.

Sauve qui peut !

Il va au fond pour s'échapper ; les Gardes-champêtres entrent avec des lumières (grand jour), et ils le retiennent.

* Le Bailli, Cocorico.

SCENE IV.

LE BAILLI, COCORICO, LES DEUX GARDES-CHAMPÊTRES.

LE BAILLI.

La petite est partie !... Ne lâchez pas ce drôle-là... il paiera pour tous deux. Comment t'es-tu introduit ici, scélérat ?

COCORICO, *reprenant sa voix de fausset.*

Silence !

LE BAILLI.

C'était lui qui s'était métamorphosé en greffier !

COCORICO.

Juste ! et même qu'en v'là la peau.

Il prend la robe et la perruque qu'il avait jetées à la droite, et en coiffe le Bailli.

LE BAILLI, *cherchant à s'en débarrasser.*

Qu'on le mène en prison !

COCORICO.

En prison ! Qu'est-ce que ça me fait ? mam'selle Caquet est sauvée !

CHOEUR.

AIR : *du Tourbillon de Musard.*

Vite, en prison !
Sans conteste et sans murmure ;
Vite, en prison !
Sans sortir de la maison !

COCORICO, *à part.*

Mais, voyez donc quel contre-temps !
Au moment où, par aventure,
Je donne à l'un' la clef des champs,
Faut qu' l'autr' me mett' dedans !

CHOEUR.

Vite, en prison, etc.

On entraîne Cocorico.

* Le Bailli, Cocorico entre les deux Gardes-champêtres.

ACTE QUATRIEME.

Le théâtre représente l'intérieur d'un colombier. A droite du public et au fond, un escalier venant du dessous et dont on n'aperçoit que la balustrade en bois ; du même côté et au premier plan, une petite croisée donnant sur le poulailler ; dans le fond, au milieu, une fenêtre mansardée, à demi coupée par le toit ; à gauche, sur le devant, quelques bottes de paille. Tout autour de la muraille, des paniers et des pigeons peints. Çà et là, des outils de jardinage, tels que bêches, râteaux, fourches, etc. Deux escabeaux au fond.

SCENE PREMIERE.

COCORICO, *encore en dehors.*

Au lever du rideau, la fenêtre du fond s'ouvre ; Cocorico paraît en dehors, passe ses jambes en dedans, et descend sur le théâtre avec précaution.

Tant pis ! me v'là ! (*Entrant et descendant.*) Où, je n'en sais rien... c'est égal, me v'là toujours ! (*S'approchant de l'avant-scène.*) A-t-on vu ce vieux coquin de bailli !... me mettre en prison dans c'te petite chambre toute noire, dont la croisée s'élevait à plus de dix pieds de terre !... j'étouffais là-dedans... heureusement que j'ai trouvé un fameux moyen de me procurer de l'air... c'est de casser tous les carreaux avec le manche de mon eustache... des carreaux superbes !... C'est le bailli qui est propriétaire, ça le regarde... Quant à moi, comme je ne pouvais pas me laisser tomber par la fenêtre sans risquer une entorse, j'ai grimpé sur le toit... j'ai fait le saut... et... (*Regardant autour de lui.*) Tiens ! je suis chez les pigeons !... pardine ! ça se trouve bien ! moi qui les aime... En v'là-t-il! en v'là-t-il!... ma foi, je ne m'étais pas encore trouvé dans une société aussi huppée... Mais qu'est-ce qu'elle peut être devenue c'te mam'selle Caquet?... elle sera rentrée dans sa maisonnette, pour y dormir, sans penser seulement une fois à ce pauvre Cocorico!... C'est pas comme moi!... m'en a-t-elle donné de ces cauchemars!... je suis rompu!... je m'étendrais bien sur un lit de plumes!... Ah! justement, v'là de la paille!... ça vaut mieux que rien. (*En s'asseyant sur la paille.*) Saperlotte!... que ça fait de bien de se reposer!

SCENE II.

COCORICO, CAQUET *.

CAQUET, *qui était endormie et entièrement cachée sous la paille, poussant un cri.*

Aïe! aïe! qu'est-ce qui m'écrase?

COCORICO, *se levant avec effroi et se jetant à genoux.*

Oh! la, la!... il y a du monde, là-dessous!

CAQUET, *qui est sortie de dessous la paille, à genoux en face de Cocorico, et les mains jointes.*

Je vous en prie, ne me faites pas de mal!

COCORICO.

Tiens! pas possible!... c'est mam'selle Caquet!

CAQUET.

Comment! vous v'là encore, monsieur Cocorico!

COCORICO.

Eh! oui... je suis descendu ici par le toit! (*Il indique la fenêtre ouverte du fond.*) En v'à une rencontre!

CAQUET, *se levant.*

Taisez-vous, monsieur!... c'est votre scélératesse qui est cause de tout ce qui m'est arrivé!... Hier, en me sauvant de la maison du bailli, il faisait si noir, que j'ai perdu mon chemin... après mille détours, je me suis retrouvée... où?... juste à l'endroit d'où j'étais partie... et, sans une échelle que j'ai aperçue, et sur laquelle je suis montée à tâtons jusqu'ici, j'aurais couché à la belle étoile... jusqu'à demain, peut-être! (*Cocorico se lève. Caquet regardant à la fenêtre du fond.*) Bonté divine! il fait déjà grand jour!... et j'ai dormi toute la nuit!

COCORICO.

Tant mieux!... au moins, ça vous a reposée... vous auriez eu froid! au lieu qu'ici, grâce à tous les couples qui nous environnent, la température est très-agréable... Depuis que je suis près de vous, moi, j'ai déjà chaud comme une petite caille.

CAQUET.

Ah! monsieur Cocorico, je suis une fille perdue!

Elle pleure.

COCORICO.

Vous n'êtes pas perdue du tout, mam'selle, puisque je vous ai retrouvée.

Caquet, Cocorico.

CAQUET.

Laissez-moi!... je veux m'en aller!... je veux me sauver, à présent qu'il fait jour!

COCORICO.

Quant à ça, mam'selle, c'est facile!... prenez mon bras, je connais les chemins... il vous faut un homme qui représente!... et me v'là!... oh! n'ayez pas peur avec moi!... la culotte à jarretière, ça impose toujours! (*Regardant en dehors par la fenêtre à droite.*) Ah! ben, en v'là d'une autre, à c't' heure!

Il tend sa main en dehors.

CAQUET.

Quoi donc?

COCORICO.

Oh! c'est rien, mam'selle... des petites gouttes d'eau grosses comme des écus de six livres, qui tombent!

CAQUET.

Allons! v'là qu'il pleut, maintenant! n'importe! il s'agit de tranquilliser grand'tante... j'en serai quitte pour une averse. (*Elle va du côté de la fenêtre à droite.*) Ne me suivez pas, monsieur, je vous le défends! (*Elle relève sa jupe de dessus, s'en couvre la tête, et va pour sortir; un éclair brille: elle recule.*) Ah! mon Dieu! qu'est-ce que c'est que ça?

Elle se couvre la figure de ses mains.

COCORICO.

Pardine! il ne faut pas le demander!... c'est une éclair!... et *une fameuse* encore!... ça annonce de l'orage.

CAQUET, *tremblante.*

Ah! ne me dites pas ça, monsieur Cocorico; j'en ai si peur, que, quand je l'entends gronder, je me cache sous le tablier de grand'tante.

Elle laisse tomber sa robe.

COCORICO.

C'est qu'il n'y a rien de plus dangereux, mam'selle... témoin l'âne à Jean-Claude qui a été tué, il y a deux mois, parce qu'il s'amusait à caracoler dans le pré, au lieu de rentrer dans l'écurie.

CAQUET, *tremblant plus fort.*

Ne répétez donc pas des choses comme ça, monsieur Cocorico!

COCORICO.

Et la vache à la mère Pichu... réduite en cendres dans l'étable!... le lendemain, on n'a plus retrouvé que sa queue et ses cornes... et, cela, parce qu'on avait oublié de fermer la porte.

Éclair et tonnerre.

CAQUET, *poussant vivement la petite croisée.*

Ah!... je n'y vois plus!

COCORICO.

Eh ben! vous ne vous ensauvez pas... vous ne retournez plus chez votre tante?

CAQUET.

Allez, faut que vous soyez bien méchant, pour

rire du pauvre monde, quand on a des peurs comme ça !

COCORICO.

Oh ! que non, mam'selle... je ne suis pas méchant... Dans ce moment, je ne suis guère plus rassuré que vous, et si vous mettiez seulement la main sur mon cœur... essayez plutôt pour voir.

Il lui prend la main et la place sur son cœur.

CAQUET.

Tiens ! c'est vrai !

COCORICO.

Hein ! qu'est-ce que vous dites de ça ?

CAQUET, *tremblant toujours.*

Il sautille comme le mien !... voyez-vous, poltron ! vous avez peur aussi !

COCORICO.

Ce n'est pas du tonnerre, mam'selle, saprelotte !... ce n'est pas du tonnerre, c'est d'autre chose !

CAQUET, *troublée.*

Et qu'est-ce donc qu'il y a de plus dangereux que ça ?

COCORICO.

Je peux pas vous le dire !... mais, puisque nous tremblons tous les deux, en réunissant nos deux peurs, ça fera peut-être un courage... hein ! (*Il va prendre deux escabeaux au fond, et les place au milieu de la scène.*) Tenez, asseyons-nous, l'un près de l'autre... vous verrez comme nous serons braves.

CAQUET.

Du tout, monsieur ! (*Elle prend un des escabeaux.*) Je vais m'asseoir là, et vous tout là-bas !

Elle va s'asseoir dans le coin du théâtre, à droite.

COCORICO, *prenant l'autre escabeau et allant s'asseoir au coin du théâtre à gauche.*

Allons, je veux ben, mam'selle !... mais vous avez tort de me renvoyer si loin que ça dans le moment du danger.

CAQUET.

Par exemple !... si c'était plus grand ici, je m'en irais plus loin encore !

COCORICO.

AIR : *La sérénade du pâtre. (Loïsa Puget.)*

Aussi loin de moi,
Vous tremblerez, j' croi...

CAQUET.

Non... soyez docile !
Laissez-moi tranquille !
J'aurai peur tout bas,
Ça n' vous r'gard'ra pas !

On entend gronder le tonnerre. Elle se rapproche un peu de Cocorico en traînant son escabeau.

Ah ! ah !...

COCORICO, *même jeu.*

Ah ! ah !...
Voilà l'orag' qui r'double !

Coup de tonnerre.

CAQUET, *même jeu.*

Ah ! ah !

COCORICO, *de même.*

Ah ! ah !

CAQUET.

Taisez-vous donc, ça m' trouble !

COCORICO.

Vous auriez du r'gret
Si l' tonnerre tombait !...

La regardant tendrement.

L' mêm' sort nous rassemble !

Coup de tonnerre.

CAQUET, *frémissant et se rapprochant de Cocorico.*

Je tremble ! je tremble ! je tremble !

COCORICO, *l'imitant.*

C'est bien moins sérieux
Lorsque l'on est deux ;
Quand on tremble
Ensemble,
On est moins peureux !

Coup de tonnerre plus violent.

CAQUET.

Ah ! v'là qu'il se rapproche, c'est fait de moi !

Elle est toute tremblante. Ils se rapprochent simultanément tout près l'un de l'autre et de la même façon.

COCORICO.

Ah ! quand je vous le disais, vous ne vouliez pas me croire !

CAQUET, *tremblant toujours.*

Eh ben ! au moins, monsieur, tournez-moi le dos et ne me regardez pas.

Elle lui tourne le dos.

COCORICO, *avec un petit air chagrin.*

Suffit, mam'selle ; je mettrais mes yeux dans ma poche plutôt que de vous déplaire. (*Il se retourne, et ils sont tous deux dos à dos.*) Ah ! mam'selle, regardez donc autour de nous.

CAQUET, *tournant la tête doucement, tandis que Cocorico fait le même jeu de scène, jusqu'au moment où leurs regards se rencontrent, ce qui les fait reprendre vivement leur première position.*

Je ne veux rien voir !

COCORICO.

Même air.

Voyez ces tourt'reaux,
Si blancs et si beaux...
L'éclair, la tempête,
Rien n' les inquiète...
Pourtant, ils sont tous
Sous l' mêm' toit que vous.

Coup de tonnerre.

CAQUET, *laissant tomber sa main.*

Ah ! ah !

COCORICO, *la prenant.*

Ah ! ah !
R'gardez-les donc, mam'selle...

Coup de tonnerre.

CAQUET, *se retournant du côté de Cocorico.*

Ah ! ah !

COCORICO, *lui pressant la main entre les deux siennes et se retournant.*

Ah ! ah !
Comme ils battent de l'aile...
Quand on s'aime bien,
La foudre n'est rien...

L' mêm' sort nous rassemble...
Coup de tonnerre.
CAQUET, *frémissant.*
Je tremble ! je tremble ! je tremble !
COCORICO.
Ils sont amoureux,
Ça les rend heureux !
Quand l' cœur nous rassemble,
On n'est plus peureux.

Coup de tonnerre avec éclat. Caquet tombe la tête appuyée sur les genoux de Cocorico, qui l'embrasse.

COCORICO, *l'aidant à se relever et s'asseoir, et se jetant à ses genoux.*

Revenez donc à vous, mam'selle, ça va se passer, c'était le dernier coup de tonnerre, le temps va se remettre au beau... ce n'est plus la peine de trembler, allez !

CAQUET, *pleurant.*

Ah ! monsieur Cocorico, moi qui avais confiance en vous, faut que vous soyez bien méchant !

COCORICO.

Ce n'est pas de la méchanceté, au contraire... c'est bien meilleur que ça.

CAQUET.

Qu'est-ce que c'est donc ?

COCORICO.

C'est... c'est de l'amour, mam'selle.

CAQUET.

De l'amour !... Ah ! mon Dieu ! ma pauvre mère, c'est de ça qu'elle est morte !... je finirai comme elle.

COCORICO.

Oh ! que non, c'est moi qui vous le dis... Maintenant que v'là l'orage passé, je m'en vas d'abord vous ramener chez votre tante. (*Caquet fait un geste d'hésitation.*) Oh ! j'en ai le droit désormais, j' suis votre amoureux, n'y a plus à vous en dédire... qu'il vienne un bailli ou un sergent, ils ne vous toucheront pas, ou je me fais tuer pour vous défendre, je connais mes priviléges... ainsi, donnez-moi votre bras, vous le devez, c'est dans la coutume de Normandie... article premier, encore !

CAQUET.

N'y a pas d'article comme ça, je l' sais bien, p't'être !

COCORICO.

J' cours bien vite rattraper Blanchette, qui est encore là, dans la basse-cour du bailli. Attendez-moi, mam'selle, je reviens à l'instant.

AIR *d'une Députation de Demoiselles.* (Loïsa Puget.)

Oui, sur mon zèle
On peut compter !
Je cours, mam'selle,
Sous m'arrêter.
Vous s'rez contente,
J' vous l' promets bien,
Et vot' grand'tante
Ne saura rien [*].

CAQUET.

Désormais, j' vous l' certifie,

[*] Caquet, Cocorico.

D' vous j' n'écouterai plus un mot,
Et n' vous r'verrai de ma vie !...
Mais, surtout, rev'nez bientôt.

ENSEMBLE.

CAQUET.

Sur votre zèle
J'ose compter ;
Mais l'heur' m'appelle,
J' dois me hâter !...
Je s'rai contente,
J' vous l' promets bien,
Si ma grand'tante
N' découvre rien.

COCORICO.

Oui, sur mon zèle, etc.

Cocorico sort par la fenêtre de droite, et monte sur l'espèce de banc qui se trouve devant la fenêtre.

SCÈNE III.

CAQUET, *puis* BOUTON-D'OR.

CAQUET, *regardant Cocorico.*

Pourvu qu'il ne lui arrive rien !... Ah ! bon ! je vois Blanchette, il court après, il la tient !... non, v'là un grand coq qui la défend... Ah ! mon Dieu ! M. Cocorico qui se bat avec lui !

Elle continue à regarder.

BOUTON-D'OR, *montant par l'escalier du colombier au fond. Il est entre deux vins, son visage est enluminé et il chancelle [*].*

Bête d'orage ! moi qui m'étais attardé au cabaret du village, où que j'avais bu six bouteilles de vin de trop... avec l'ondée que je viens de recevoir, ça va faire de l'eau rougie... j'éprouve le besoin de me réchauffer... v'là des pigeons qui vont me donner l'hospitalité... je n'ai pas de billet de logement, mais ils sont bons diables ; je les connais d'ailleurs, j'en ai déjà mangé plusieurs... (*Se retournant et apercevant Caquet.*) Ah ! nom d'un petit bonhomme, c'est ma tourterelle !

CAQUET.

Ah ! mon Dieu ! comment lui échapper ?

BOUTON-D'OR.

Colombe de Normandie, c'est donc toi qui as fait courir Bouton-d'Or, dit l'Invincible au champ d'honneur, comme au champ de Cythérée... Mille pierres à fusil !... tu vas me le payer double !

Il la poursuit.

CAQUET, *fuyant de tous côtés pour lui échapper.*

Ah ! monsieur le sergent, je vous en prie ne me faites pas de mal !

BOUTON-D'OR.

Je suis crâne comme un cerf-volant, et on ne résiste pas deux fois au vainqueur de Berg-op-Zoom !

AIR *de la Reine des Fous.* (Loïsa Puget.)

Du régiment, *bis.*

[*] Bouton-d'Or, Caquet.

Je suis l' plus entreprenant ;
    Du régiment,   *bis.*
J' suis l' plus mauvais garnement !
                Il la poursuit.

CAQUET, *s'approchant de la petite fenêtre et appelant.*

Monsieur Cocorico ! monsieur Cocorico !
                BOUTON-D'OR.

Je m'en fiche !... appelle, appelle !...
Me v'là prêt à braver l' choc !

SCENE IV.

LES MÊMES, CORICOCO, *paraissant à la petite fenêtre de droite.*

                COCORICO.

Qu'est-c' qu' vous avez donc, mam'selle ?...
Apercevant Bouton-d'Or.
Dieu ! mon soldat !
                Il entre dans le colombier.
                BOUTON-D'OR.
                V'là z'un coq !
A Cocorico.
Avanc' donc, que j' te saboule.
                COCORICO.
N' fait's pas tant vot' embarras !...
Bousculant Bouton-d'Or et se plaçant devant Caquet.
Je m' moqu' de vous !

BOUTON-D'OR, *saisissant Caquet par le bras, au moment où elle se dirige vers l'escalier du colombier.*
                Ma p'tit' poule,
Tu ne m'échapperas pas !

                ENSEMBLE.
                BOUTON-D'OR.
Du régiment, etc.
                CAQUET.
Quel évén'ment ! *bis.*
Que m' veut c' soldat si méchant !
Quel évén'ment ! *bis.*
J' n'en réchapp'rai pas, vraiment !
                COCORICO.
Quoique sergent, *bis.*
On ne te craint pas, vraiment !
Mon beau sergent ! *bis.*
J' vas te m'ner tambour battant !

*Pendant cet ensemble, Cocorico et Bouton-d'Or se sont emparés alternativement de Caquet; Cocorico a réussi à se mettre devant Caquet *.*

* Caquet, Cocorico, Bouton-d'Or.

                COCORICO.
Saperlotte ! militaire, ne touchez pas à c'te jeunesse, ou bien vous allez voir !
                BOUTON-D'OR, *tirant son sabre.*
Ah ! mille z'yeux, tu fais le malin !... eh bien, je vas te la disputer, fougueux paladin !
                Il agite son sabre.

CAQUET, *derrière Cocorico, le retenant à bras-le-corps.*

Ne vous exposez pas, monsieur Cocorico, vous n'avez pas d'armes.

*Tout en disant ces derniers mots, Caquet et Cocorico, se tenant toujours, sont passés à droite, en évitant les mouvemens du sabre de Bouton-d'Or, qu'il fait voltiger tout en chancelant *.*

COCORICO, *que Caquet a laissé libre de ses mouvemens.*

Quand on n'en a pas, on s'en fait.

Il saisit une fourche de bois à deux pointes qui se trouve à droite, et se défend contre Bouton-d'Or.

                BOUTON-D'OR.
Retire-toi, paysan, ou je t'escalade... je te bloque, je t'assiége, et je te prends plus vite encore que je n'ai pris Berg-op-Zoom.
                COCORICO.
Je m'en fiche, la bataille est engagée !... (*Il fond sur lui, fait tomber son sabre avec sa fourche, lui prend le cou entre les dents de la fourche, et le fait tomber sur les bottes de paille qui sont à gauche, le tenant en respect adossé au mur.*) Allez-vous-en, mam'selle Caquet, Blanchette est retrouvée.

CAQUET, *s'en allant par l'escalier du colombier.*
Merci, monsieur Cocorico.

BOUTON-D'OR, *faisant des contorsions, et voulant se dégager.*
Prends donc garde, paysan, tu étrangles Royal-cravate !

COCORICO, *tenant toujours en respect, entre les dents de sa fourche, Bouton-d'Or, qui fait de vains efforts pour se dégager.*
N'y a pas de mal !... Hein ! c'est-y comme ça que vous avez pris Berg-op-Zoom ?

* Bouton-d'Or, Cocorico, Caquet.

ACTE CINQUIEME.

Même décoration qu'au premier acte.

SCENE PREMIERE.

CAQUET, LA GRAND'TANTE, COCORICO *.

Au lever du rideau la porte est ouverte, le mantelet de la Grand'tante est jeté sur le fauteuil. Tout est en désordre. Caquet est à genoux, les mains jointes, devant sa Grand'tante, qui a sa béquille levée sur elle.

* Cocorico, Grand'tante, Caquet.

                LA GRAND'TANTE.
Tais-toi, malheureuse ! je ne veux rien savoir ! je ne veux rien entendre... et je ne sais qui me retient...
                CAQUET.
Grâce, grand'tante, grâce !
                LA GRAND'TANTE.
Quitter la maison malgré ma défense ! et quand

je rentre, personne pour me répondre!... plus de
Caquet! plus de Blanchette!... Veillez donc sur
l'innocence d'une fille... élevez donc une poule
dans du coton... au moment où vous vous y attendez le moins, elles étendent leurs ailes, et
crac! les voilà parties!

CAQUET.

Bonne grand'tante, je vous jure que je ne re-
commencerai plus!... (*Elle se lève.*) La plus cou-
pable là-dedans, c'est Blanchette... si elle avait
voulu revenir quand je l'appelais...

LA GRAND'TANTE.

Maudite poule!... que j' la rattrape!... elle ne
sortira plus de sa prison!... (*En disant ces mots,
elle jette les yeux sur le panier, et aperçoit la poule
qui s'y trouve enfermée.*) Eh mais, qu'est-ce que
je vois là! Blanchette, ma pauvre Blanchette sous
son panier!

CAQUET, *s'approchant du panier.*

Comment, la voilà revenue à c't'heure!... En
vérité, je n'y comprends rien... faut qu'il y ait du
maléfice dans tout ça, bien sûr.

LA GRAND'TANTE.

C'est ça, faites l'étonnée, jouez la surprise...
Mais je vois ce qu'il en est... tout ce que vous
m'avez raconté est faux!

CAQUET.

Ah! pouvez-vous me soupçonner de ça... moi,
qui vous ai toujours dit la vérité!...

LA GRAND'TANTE.

Mais enfin, comment avez-vous échappé à tant
de piéges, de périls, de séductions?

CAQUET.

Ça, grand'tante, c'est un miracle!... et si vous
revoyez encore votre petite Caquet, vous ne le
devez qu'au courage et au dévouement de quelqu'un...

LA GRAND'TANTE.

De quelqu'un?...

CAQUET.

Oh! un bien brave garçon, allez!... qui nous
a défendues, protégées, Blanchette et moi, au pé-
ril de ses jours.

LA GRAND'TANTE.

O ciel! un jeune homme, je parie!

CAQUET.

Un jeune homme... oui, grand'tante.

LA GRAND'TANTE.

Un amoureux, peut-être?

CAQUET.

C'est ça même, un amoureux... mais un tout
petit... pas plus haut que ça... vous voyez que ça
n'est pas bien à craindre.

LA GRAND'TANTE.

Qu'est-ce que vous m'apprenez, mam'selle?...
mais v'là ce que je redoutais le plus!... Et savez-
vous qui il est? d'où il sort? comment on le
nomme?

CAQUET.

Air *nouveau de Pilati.*

Cocorico!...

LA GRAND'TANTE.

Cocorico!...

CAQUET.

N'est pas un perfide, j'espère,
Cocorico, Cocorico,
M'a semblé doux comme un agneau.

LA GRAND'TANTE.

Et c'était un loup, au contraire!
Pauvre Caquet, comme ta mère,
Bientôt, hélas! tu vas finir!...

CAQUET.

Mon Dieu! vous me faites frémir!
Soutenant la Grand'tante, qui pâlit et chancelle.
Qu'avez-vous?...

LA GRAND'TANTE.

Je suis défaillante!...
Supporter ce malheur nouveau,
Quand on est si près du tombeau!

CAQUET, *la conduisant au fauteuil.*

Bien vite, asseyez-vous, Grand'tante...
*La Grand'tante s'assied sur le fauteuil. On entend
un cri. Caquet et Grand'tante effrayées poussent un
cri à leur tour.* Ah!...

LA GRAND'TANTE.

Qui donc est caché sous ma mante?
Elle enlève la mante qui est sur le fauteuil.
COCORICO, *blotti dans le fauteuil, et joignant les mains.*
Cocorico!...

LA GRAND'TANTE *et* CAQUET.

Cocorico!...

COCORICO.

Le meilleur garçon du hameau!
Grand'tante, c'est Cocorico!

CAQUET.

Quel bonheur! le sergent ne l'a pas tué!

LA GRAND'TANTE, *prenant Cocorico par l'oreille
et le faisant descendre du fauteuil.*

Comment! c'est encore toi, coquin! drôle! scélérat!... non content d'avoir troublé le repos de
ma maisonnette, tu oses venir me braver!... Qui
t'a permis d'entrer? pourquoi es-tu venu? par où
es-tu passé?

COCORICO, *très-vite.*

Par la porte, mère Gertrude, qui était ouverte,
pendant que vous aviez le dos tourné, pour vous
ramener votre poule, et la remettre sous son panier.

LA GRAND'TANTE.

Va-t'en! va-t'en tout de suite! retourne d'où tu
viens, ou, cette fois, tu auras affaire à moi, ser-
pent! mauvais sujet! garnement!

Elle reprend sa béquille et poursuit Cocorico.

CAQUET, *la retenant et se jetant à ses genoux.*

Oh! grand'tante! ne lui faites pas de mal!

COCORICO, *se jetant à genoux derrière Caquet.*

Mère Gertrude, mère Gertrude, calmez-vous,
et jetez votre béquille... vous allez vous fatiguer
pour rien. (*Il se lève.*) Et puis, vous pourriez en-
dommager mon physique; n'y a pas de plaisir à
être bel homme avec vous. (*Caquet passe à la
droite de la Grand'tante**.*) D'ailleurs, cette fois,

* Grand'tante, Caquet, Cocorico.
** Caquet, Grand'tante, Cocorico.

j'arrive chez vous officiellement... avec une lettre de M. le curé, que j'ai été trouver, à qui j'ai tout confié, et qui vous écrit de la bonne encre... Oh! mais lisez plutôt.

Il lui présente une lettre.

LA GRAND'TANTE.

Une lettre de M. le curé? c'est impossible!... D'ailleurs j'ai perdu mes lunettes.

COCORICO.

C'est vrai!... hier vous les aviez oubliées dans ma poche... mais aujourd'hui, vous en avez besoin, je vous les rapporte.

Il les lui rend.

LA GRAND'TANTE.

Comment! c'était toi!

CAQUET.

Lisez, lisez bien vite!... le curé me demande peut-être en mariage pour M. Cocorico.

LA GRAND'TANTE, reprenant ses lunettes et repoussant la lettre.

Qu'il me demande ce qu'il voudra, je refuse tout!... D'ailleurs, qu'est-ce qui voudra de toi, à cette heure? puisque te voilà ruinée... car, je ne te l'ai pas dit, mais c't héritage, c'te succession, plus rien maintenant... le procès est perdu!

CAQUET.

Comment! le cousin aura tout ?

COCORICO.

Ah! bah! qu'est-ce qui sait?

LA GRAND'TANTE.

A moins qu'il ne consente... Mais, où le trouver maintenant ?

COCORICO.

Cherchez, grand'tante... en mettant vos lunettes, vous l'apercevrez peut-être.

CAQUET.

Vous le connaissez donc, vous ?

COCORICO.

Pardine ! je ne le quitte jamais !

LA GRAND'TANTE.

Toi?

COCORICO.

Oui, moi!... et je sais même où il est... je sais qu'il vous aime... je sais qu'il ne demande qu'à épouser sa cousine Caquet... je sais...

LA GRAND'TANTE.

Mais enfin, qui donc est-il ?

COCORICO.

Eh bien! ce petit vagabond, qui, autrefois, reçut un coup de pied... vous savez...

LA GRAND'TANTE.

Comment, ce mauvais sujet! ce garnement!...

COCORICO.

Eh! oui, Louis Patu, surnommé jadis Coco, et plus tard Cocorico, parce qu'il était le réveil-matin à la ferme de son parrain.

LA GRAND'TANTE.

Toi, le cousin Patu!

CAQUET.

Vous, le cousin Patu !

COCORICO.

Moi-même... Ma cousine n'a plus rien... je lui rends tout... ça fait que nous sommes quittes.

CAQUET.

Oh! grand'tante, comme ça se trouve!

LA GRAND'TANTE, à Caquet.

Oui, ça se trouve d'autant mieux, qu'après vos escapades... (A Cocorico.) Cette pauvre enfant !...

COCORICO.

Qu'est-ce que vous dites-là, mère Gertrude ?... mademoiselle Caquet est innocente et toujours digne de vous... et cependant, quand une poulette prend sa volée, on ne peut pas toujours répondre... Demandez plutôt à Blanchette.

LA GRAND'TANTE.

Il n'est rien arrivé à ma poule, j'espère !

COCORICO.

Au contraire, mère Gertrude, c'est une grande criminelle, votre poule, et j'en ai la preuve.

LA GRAND'TANTE.

La preuve ?

COCORICO, allant chercher le panier qui se trouve sur la huche.

Et je dis qu'elle sera fièrement bonne à la coque !...

Il entr'ouvre le panier qu'il montre à la Grand'tante.

LA GRAND'TANTE, jetant un cri.

Ah!...

Elle ferme vivement le panier.

CAQUET, s'approchant avec curiosité.

Eh ben! qu'est-ce que vous avez donc, grand'-tante ?...

LA GRAND'TANTE, très-agitée et vivement.

Rien! rien! rien!... petite curieuse!... on vous contera ça...

COCORICO, qui a posé le panier.

Après notre mariage, n'est-ce pas, mère Gertrude ?

LA GRAND'TANTE.

Oui, mauvais sujet!... après votre mariage.

CAQUET, avec joie.

Vous consentez donc ?

LA GRAND'TANTE.

Il le faut bien !...

CAQUET, avec curiosité.

Mais, comment ça se fait-il ?...

LA GRAND'TANTE, *très-vivement.*
Ça s' fait... ça s' fait !...

' COCORICO.
Chut !... c'est le secret de la poule à ma
tante.

AIR *précédent.*

Cocorico ! Cocorico !
Vous donn'ra des p'tits n'veux, j'espère...

CAQUET.
Cocorico, Cocorico,
Rendra votre avenir plus beau.

COCORICO.
Et vous serez heureuse et fière
De pouvoir surveiller de près
Vos p'tits n'veux et vos p'tits poulets...

CAQUET.
Vos p'tits n'veux et vos p'tits poulets.

LA GRAND'TANTE.
Je vous crois, mais pas d' ruses nouvelles...

CAQUET.
Non, pour égayer vos vieux jours...

COCORICO.
Vot' petit coq chant'ra toujours !

CAQUET, *au public.*
Messieurs, mesdam's, et mesd'moiselles,
N'allez pas ini couper les ailes.

COCORICO, *de même.*
Cocorico, Cocorico,
Espère ici trouver d' l'écho.

CAQUET *et* COCORICO.
Laissez chanter Cocorico !

FIN.

PARIS. — IMPRIMERIE DE Ve DONDEY-DUPRÉ,
rue Saint-Louis, 46, au Marais.